Contenido

El segundo libro de sus aventuras

por Cynthia Rylant
dibujos por Suçie Stevenson
traducido por Alma Flor Ada

Listos-para-leer/Libros Colibrí
Aladdin Paperbacks

Para los Halems:
Sandy, Henry, y Jess —CR

Para Frank Modell —SS

First Aladdin Paperbacks/Libros Colibrí Edition, 1996

Aladdin Paperbacks
An imprint of Simon & Schuster Children's Publishing Division
1230 Avenue of the Americas
New York, New York 10020

Also available in an English language edition.

The text of this book is set in 18 pt. Goudy Old Style.
The illustrations are watercolor and reproduced in full color.

Printed and bound in the United States of America

10 9 8 7 6 5 4 3 2

Library of Congress Cataloging-in-Publication Data
Rylant, Cynthia.
[Henry and Mudge in puddle trouble. Spanish]
Henry y Mudge con barro hasta el rabo : el segundo libro de sus aventuras / por
Cynthia Rylant ; dibujos por Suçie Stevenson ; traducido por Alma Flor Ada.—1st ed.
p. cm.
Summary: For Henry and his big dog Mudge, spring means admiring the first snow
glory, playing in puddles in the rain, and watching the five new kittens next door.
ISBN 978-0-689-80687-2
[1. Dogs—Fiction. 2. Spring—Fiction. 3. Spanish language materials.] I. Stevenson,
Suçie, ill. II. Ada, Alma Flor. III. Title.
[PZ73.R94 1996]
[E]—dc20
95-38285
CIP

La flor silvestre

Cuando se derritió la nieve
y llegó la primavera,
Henry y su perrazo Mudge
jugaban afuera
todo el tiempo.

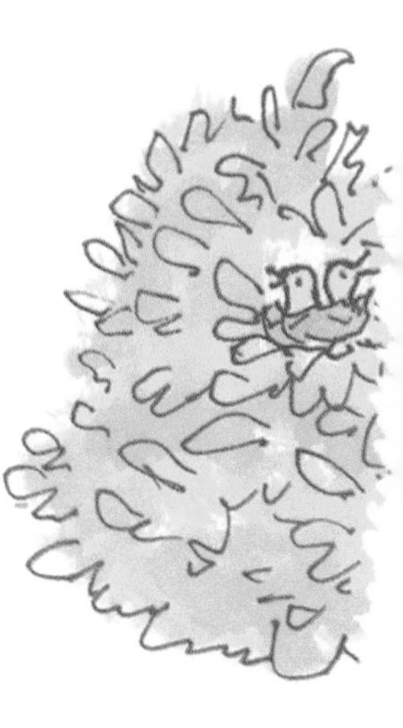

Henry había echado de menos
montar en bicicleta.
Mudge había echado de menos
masticar palos.
Estaban muy contentos
de que empezara a hacer calor.

Un día en que Henry y Mudge
estaban en el patio,
Henry vio algo azul
en la tierra.
Se le acercó.
—¡Mudge! —gritó.
—¡Es una flor!
Mudge se acercó lentamente
y olisqueó la flor azul.

Luego estornudó

frente a la cara de Henry.

—¡Ah, Mudge! —dijo Henry.

Más tarde, la madre de Henry
le dijo que aquella flor
era una flor silvestre.
—¿Puedo cogerla?
—preguntó Henry.
—¡Oh, no! —dijo su mamá.
—Déjala crecer.
Así que Henry no la cogió.

Todos los días
al pasar por el patio
veía la flor silvestre
azul
y tan bonita.
Él sabía que no debía cogerla.
Trataba de no hacerlo.
Pero pensaba qué bonita
se vería en un jarrón.
Pensaba qué bonita
sería tenerla en casa.
Pensaba qué bonita sería
tener aquella flor silvestre
para él sólo.
Y cada día iba con Mudge
a ver a la flor.

Mudge metía la nariz
en la hierba
alrededor de la flor silvestre.
Pero nunca la miraba
de la misma forma que Henry.
—¿No crees que la flor silvestre
ha crecido lo suficiente?
—le preguntaba Henry a su madre.
—Déjala crecer, Henry
—le contestaba ella.

—¡Ay! Cómo quería Henry aquella
flor silvestre.
Y un día
decidió
que tenía que tenerla.
Así que agarró a Mudge
por el collar
y se detuvo
junto a la flor silvestre.

Yo la necesito. La voy a arrancar
—le susurró Henry a Mudge.
—La he dejado crecer bastante tiempo.
Henry inclinó la cabeza y
le dijo a Mudge al oído:
—Ahora, la voy a arrancar.
Y Mudge movió el rabo,
le lamió la cara a Henry
y puso su bocaza
sobre la flor silvestre…

y se la comió.

—¡No, Mudge! —dijo Henry.

Pero era demasiado tarde.

Ahora en el estómago de Mudge

había una flor azul.

—¡Dije *arrancar*, no *tragar*!

—gritó Henry.

Estaba enojadísimo

porque Mudge se había comido su flor.

Era la flor de Henry

y Mudge se la había comido.

Y Henry casi dijo:
—Perro malo. Pero se contuvo.

Miró a Mudge
que lo miró a él
con dulces ojos pardos
y una flor en la barriga.

Henry comprendió que no era su flor silvestre.

Sabía que la flor silvestre no era de nadie.

Sólo algo que debía crecer.

Y si alguien se la comía

era algo que aceptar.

Henry ya no se sintió enojado.

Abrazó la cabezota de Mudge.

—La próxima vez, Mudge,
—le dijo— trata de
escuchar mejor.
Mudge movió el rabo
y se lamió los labios.
Un pétalo azul
cayó de su boca
a la mano de Henry.
Henry sonrió,
se lo puso en el bolsillo
y se fueron a casa.

Problema en el charco

En abril

llovía

día tras día,

tras día,

tras día.

Henry empezaba a aburrirse.
Mudge mordisqueaba
todo tipo de cosas en la casa.
Así que Henry dijo:
—Vamos a jugar afuera aunque llueva.

Se puso el impermeable
y las botas
y salió con Mudge.
A Henry se le olvidó
pedirle permiso a su padre.

Cuando Mudge pisó
la hierba mojada
levantó las patas
y las sacudió.
—Qué pena que no tengas
botas —dijo Henry.
Y caminó en un círculo
alrededor de Mudge.
Chof, chof, chof, chof.

Mudge escuchó
y miró a Henry.
Luego se le acercó
a Henry
y movió el rabo
y salpicó a Henry
con el agua
de su corpachón peludo y mojado.
Henry se secó el agua
que le había caído en la cara.
—¡Uf!, Mudge —le dijo.

Los dos

se fueron caminando.

Un poco más allá

encontraron en el camino

un charco enorme.

Un charco gigantesco.

Un charco que era un lago.

Un charco que era un océano.

Y Henry dijo: —¡Maravilloso!

Se echó a correr.

Mudge llegó primero.

¡PLAF!

Mudge se cubrió de agua lodosa.

¡PLAF!

Henry se cubrió de agua lodosa.

Era el charco más grande

y más hondo

que jamás habían visto.

Y les encantó.

Cuando el padre de Henry

lo llamó

y no lo encontró,

salió.

Miró por el camino.

¡PLAF! oyó.

Se puso el impermeable

y empezó a caminar.

¡PLAF! vio.

El padre de Henry vio a Mudge

con barro en la cara,

con barro en el rabo

y con barro entre la cara y el rabo, también.

El padre de Henry vio a Henry
con barro en la cara,
con barro sobre las botas
y con barro entre la cara y las botas,
también.
Y gritó: —*¡Henry!*
Se acabaron las salpicaduras.
Sólo un niño y un perro chorreando.
—¡Hola, papá! —dijo Henry
con una pequeña sonrisa.
Mudge movió el rabo.
—Henry, sabes que tenías
que haberme pedido permiso
—le dijo su padre.
—Sí, papá —dijo Henry.

—No entiendo por qué lo has hecho
—le dijo su padre.
—Lo siento —dijo Henry.
—No sé qué hacer
contigo —dijo el padre de Henry.
Henry se puso triste.
Entonces Mudge movió el rabo,
le lamió la mano a Henry
y salpicó a Henry y a su padre
con el agua de su corpachón
peludo y mojado.

—¡Mudge! —gritó Henry.

El padre de Henry estaba

con barro en la cara,

con barro sobre los zapatos

y con barro entre la cara y los zapatos,

también.

Miró a Mudge,

miró a Henry,

miró al charco enorme.

Entonces se sonrió.

—¡Maravilloso! —dijo.

Y brincó al charco.

Le salpicó agua a Mudge.

Le salpicó agua a Henry.

Y dijo: —La próxima vez, invítenme.

Henry dijo: —Por supuesto, papá.

Y lo salpicó.

Los gatitos

En mayo la gata que vivía
en la casa al lado de la de Henry y Mudge
tuvo una camada de gatitos.
Eran cinco gatitos.
Uno era anaranjado.
Uno era gris.
Uno era blanco y negro.
Y dos eran negros.

Los gatitos a veces se quedaban
en una caja en el patio delante de la casa
para tomar sol
mientras la mamá descansaba.
Un día Henry y Mudge
se asomaron a mirar dentro de la caja.
Vieron caritas
de gatitos
y patitas
de gatitos
y oyeron maulliditos
de gatitos.

Mudge olisqueó

y olisqueó y olisqueó.

Movió el rabo

y estornudó

y siguió olisqueando.

Luego puso

su cabezota en la caja

y con su lenguaza

lamió

a los cinco gatitos.

Henry se rió.

—¿Quisieras tener

gatitos?

—le preguntó a Mudge.

Mudge gruñó

y movió otra vez el rabo.

Cada vez que los gatitos

estaban en el patio frente a la casa,

Henry y Mudge

iban de visita.

A Henry le encantaban

sus naricitas.

Y hasta les había

dado nombres.

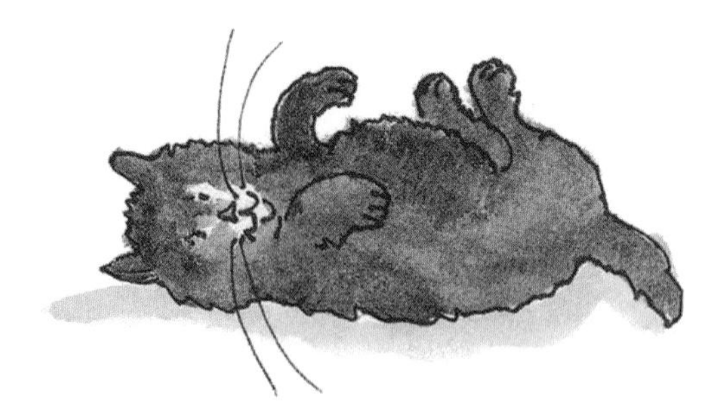

Los llamaba
Venus,
Tierra,
Marte,
Júpiter
y Saturno.
A Henry también le
encantaban los planetas.

Un día mientras Henry estaba en la escuela
un perro desconocido apareció en la calle
de Henry.
Los cinco gatitos
dormían
en la caja en el patio de su casa.
Mudge dormía en la casa de Henry.

Cuando el perro desconocido
se acercó a la casa de Henry,
Mudge levantó las orejas.

Cuando el perro desconocido
se acercó más aún
a la casa de Henry,
Mudge levantó el hocico.
Y justamente cuando el perro desconocido
estaba frente
a la casa de Henry,
Mudge ladró.

Ladró y ladró
y ladró
hasta que la madre de Henry
le abrió la puerta.

Y justamente cuando
Mudge salía de la casa corriendo,
el perro desconocido
llegaba al patio vecino
y miraba a los gatitos.
Y justamente cuando el perro desconocido
hincó sus dientazos en la caja,
Mudge se le acercó por detrás corriendo.

¡CHÁS! hicieron los dientes de Mudge
cuando el perro desconocido lo vio.
¡CHÁS! hicieron de nuevo
los dientes de Mudge
cuando el perro desconocido
volvió a mirar la caja de los gatitos.

Mudge gruñó.

Miró al perro desconocido.

Se preparó para saltar.

Y el perro desconocido se alejó
de la caja.

Ya no quería los gatitos.

Sólo quería irse.

Y se fue.

Mudge miró la caja de los gatitos.
Vio cinco caras diminutas
y cinco colitas flacas
y veinte patitas.
Y se acercó y lamió
a los cinco gatitos.

Luego se acostó
junto a la caja
y esperó a Henry.
Venus,
Tierra,
Marte,
Júpiter
y Saturno
se fueron a dormir.

CPSIA information can be obtained
at www.ICGtesting.com
Printed in the USA
261116LV00003B